El salón de Minji

Por Eun-hee Choung

Kane/Miller
BOOK PUBLISHERS

style story
Yellow

팡스 제과점
야채

마트
Jang
Hair

Hair

Para mi sobrina, Yeon Woo

Primera edición norteamericana en español, 2008

Kane/Miller Book Publishers, Inc.

Primera edición norteamericana, 2008
Por Kane/Miller Book Publishers, Inc.
La Jolla, California

Publicado inicialmente en Corea del Sur en 2007 por Sang Publishing.
 Para información contáctese con:
Kane/Miller Book Publishers, Inc.
P.O. Box 8515
La Jolla, CA 92038
www.kanemiller.com

Library of Congress Control Number: 2007932519
Impreso y encuadernado en China
1 2 3 4 5 6 7 8 9 10

ISBN: 978-1-933605-79-1

El salón de Minji

Por Eun-hee Choung

Buenos días, señora.
¿En qué puedo servirle hoy?

¿Quizás algo como esto?

Hair

Escoger el estilo preciso puede ser difícil.
(Por ejemplo, las pelucas no le caen bien a todo el mundo.)

Hay que mezclar el color con mucho cuidado.
(¡No está permitido probar el tinte!)

Debe tener paciencia; la belleza toma tiempo.

Ahora el color…

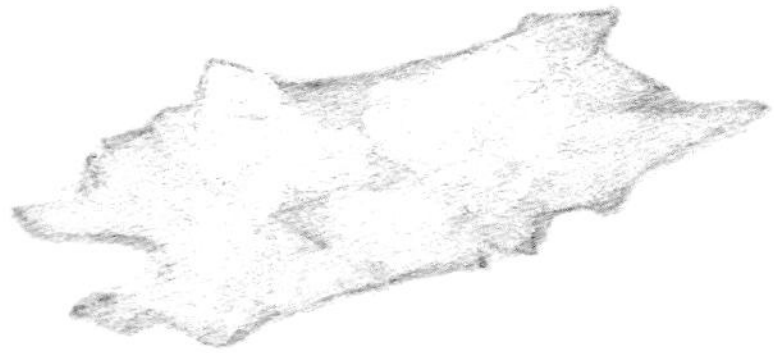

Y entonces, tiene que esperar…un poquito más…¡No se mueva!

Ya casi hemos terminado…

Sólo los últimos toques…

¿Qué le parece?

Mamá volverá muy pronto.
Creo que estará sorprendida.

¡Ella está sorprendida!

¡Qué trabajo tan bello!
¿Eres la dueña de este salón de belleza?

Sí, señora. ¿Quiere Ud. pedir hora?

OPEN

TORY
style st